IMPRIMERIE J. CLAYE
RUE SAINT-BENOIT 7
PARIS

avec les Prin. des armes {Kandjiars - boucliers - casques - de
1867 (Mars 15) [M^d d'un Tapis]   E. Kandjiar
a heté par moi.

COLLECTION DE M. L. BOURGEOIS

OBJETS DE LA PERSE

ARRIVANT EN FRANCE

VENTE

HOTEL DROUOT, SALLE N° 7

Le Vendredi 15 Mars 1867

A 1 HEURE 1/2 PRÉCISE

EXPOSITION PUBLIQUE

LE JEUDI 14 MARS 1867, DE 1 A 5 HEURES

COMMISSAIRE-PRISEUR	EXPERT
Me BOUSSATON	M. EVANS
7, rue Le Peletier.	Quai Voltaire, 3

a.8

CATALOGUE

D'UNE BELLE COLLECTION

D'OBJETS DE LA PERSE

ARMES ET PIÈCES D'ARMURES

Magnifique Culotte de mailles, ornée de plaques en damas damasquinées en or

BRONZES, LAQUES, DESSINS, MARQUETERIE

FAIENCE

MÉDAILLES, ÉMAUX, ÉTOFFES

Très-grand et riche tapis de Pharahan, de 10 m. 30 sur 6 m. 60

OBJETS DIVERS

TRÈS-RÉCEMMENT APPORTÉS EN FRANCE

PAR

M. L. BOURGEOIS

DONT LA VENTE AURA LIEU

HOTEL DROUOT, SALLE N° 7

Le Vendredi 15 Mars 1867

A 1 HEURE 1/2 PRÉCISE

PAR LE MINISTÈRE DE **Me BOUSSATON**, COMMISSAIRE - PRISEUR

7, RUE LE PELETIER

ASSISTÉ DE **M. EVANS**, EXPERT, 3, QUAI VOLTAIRE

EXPOSITION PUBLIQUE

LE JEUDI 14 MARS 1867, DE 1 A 5 HEURES

AU COMPTANT

Les adjudicataires payeront 5 p. 100 en sus des enchères, applicables aux frais

---

1867

AVERTISSEMENT

Cette Collection vient d'arriver en France depuis quelques jours seulement. Au nombre des armes et pièces d'armures se trouve une magnifique culotte de mailles à facettes en damas damasquinées en or, pièce très-rare, pour ne pas dire unique, et des rondaches, casques, sabres et autres pièces en damas de la plus belle qualité. Dans les cottes de mailles s'en trouve une à maillons non-seulement rivés, mais encore barrés. Les bronzes, flambeaux et vases de mosquées, sont finement gravés. Au milieu des objets divers se place un grand chandelier en faïence turque. Enfin une série de médailles antiques en or et en argent, quelques émaux et belles peintures laquées de *Zaman* complètent la collection que M. *Bourgeois* a recueillie dans son voyage. Il n'est pas hors de propos de constater ici que les assiettes, plats et autres pièces désignées sous le nom de faïence de Perse ne figurent pas dans ce catalogue, le collectionneur n'en a pas trouvé dans les nombreux villages et villes qu'il a parcourus ; il n'a rencontré que de très-rares faïences de luxe et d'ornement pareilles à celles qui faisaient partie de la collection **Mechin** vendue en février 1866, sous la dénomination de *Boukharines*, que nous avons appelées ainsi parce que la matière première servant à leur fabrication provient de la Boukharie.

B**.

Nota. — A cette collection on a joint un splendide et très-grand tapis de *Pharahan* (Perse), décrit sous le n° 94 du présent catalogue.

DÉSIGNATION DES OBJETS

ARMES ET ARMURES

1060. 1. — Très-belle culotte de mailles rivées, enrichie de plaques
de diverses formes et grandeurs décorées de nom-
breux sujets variés, damasquinées en or; chaque
plaque des genoux est défendue par un éperon à
quatre pans en fer damasquiné en or; l'intérieur
est garni en peau.

> Cette pièce magnifique et très-rare doit remonter à l'é-
> poque de Mithridate.

700. 2. — Belle rondache en damas, à quatre bossettes, ornée
d'une double frise très-finement décorée d'inscriptions, ornements et animaux damasquinés en or;
près de la frise se trouve la figure du soleil en
or, en relief et gravée; ce symbole, armes de
la Perse, semblerait indiquer que cette pièce appar-
tenait à un ancien roi. — Diamètre : 38 cent.

700. 3. — Autre belle rondache en damas à quatre bossettes,
avec large frise décorée d'inscriptions et d'animaux. — Diamètre : 36 cent.

900. 4. — Grande rondache en damas, également à quatre bossettes, entièrement damasquinée en or, avec frise dans le genre des précédentes ; au milieu des bossettes se trouve le nom d'un ancien roi de Perse. — Diamètre : 40 cent.

190. 5. — Grande et très-belle rondache en peau de rhinocéros à six bossettes en argent ; la frise et le médaillon du centre sont décorés de fleurs émaillées en diverses couleurs, le surplus est entièrement varié de fleurs et oiseaux dorés. — Pièce rare. — Diamètre : 51 cent.

87. 6. — Autre très-grande rondache en peau de rhinocéros à six bossettes en argent, avec large frise et médaillon décorés d'ornements dorés. — Diamètre : 53 cent.

79. 7. — Autre rondache en peau de rhinocéros à six bossettes en argent, décorée dans le genre des précédentes. — Diamètre : 44 cent.

600. 8. — Très-beau casque en damas entièrement couvert d'arabesques. d'inscriptions et de fleurs damasquinées en or ; il est surmonté d'une pointe à quatre pans et est garni de deux porte-aigrettes et de sa défense à coulisse damasquinée en or ; sa maille, en fer avec maillons en cuivre, est dentelée.

551. 9. — Beau casque en damas, enrichi d'ornements et d'inscriptions damasquinés en or et garni de sa défense à coulisse, de deux porte-aigrettes et de sa pointe ; sa maille dentelée est en fer avec maillons de cuivre.

450. 10. — Autre casque pareil au précédent,

125. 11. — Ancienne chemise de mailles rivées, à collet à maillons très-fins et à col droit en velours.

300. 12. — Ancienne et très-belle chemise de mailles rivées et bouclées, à collet dentelé de très-petits maillons dont plusieurs en cuivre font ornement ; col droit en velours. — Pièce très-rare.

70. 13. — Chemise de mailles à double collet dentelé et à col de velours.

141. 14. — Autre chemise de mailles pareille à la précédente.

50. 15-16. 61/. — Deux autres chemises de mailles à col de velours.
Seront vendues séparément.

135. 17. — Brassard en damas à cannelures en point de Hongrie, orné de petites fleurs damasquinées en or ; frises et médaillons portant des inscriptions, devises et ornements damasquinés en or.

66. 18. — Autre brassard en damas avec ornements damasquinés en or.

215. 19. — Brassard damasquiné à réserves dorées et gravées.

215. 20. — Quatre plastrons en damas décorés de fleurs, ornements et armes de la Perse. — Époque de Nader-Schah.

225. 21. — Quatre autres plastrons en damas avec ornements damasquinés en argent.

22. — Sabre à lame courbe, en damas évidé, orné d'inscriptions, ornements et date damasquinés en or; poignée en corne avec garde en fer damasquiné en or; fourreau en velours rouge.

23. — Sabre dans le genre du précédent; poignée en fer damasquiné en argent, fourreau en velours rouge.

24. — Sabre à lame courbe en damas avec inscriptions; poignée en fer damasquiné en or, fourreau en velours bleu avec attache damasquinée en or.

25. — Sabre à lame courbe en damas évidé avec inscription et date; fourreau en maroquin avec attaches damasquinées.

26. — Sabre dans le genre du précédent.

27. — Sabre à lame droite à double tranchant avec ornements et date; poignée en fer damasquiné en argent rehaussé de turquoises; fourreau en velours rouge.

28. — Sabre à lame en damas évidé avec ornements et inscriptions; poignée en corne avec garde en fer damasquiné; fourreau en velours rouge.

29. — Sabre à lame très-courbe, en damas; fourreau en maroquin.

30. — Hache d'armes avec ornements, damasquinée en or; le manche renferme un poignard.

31. — Autre hache d'armes pareille à la précédente.

68.

32. — Paire de pistolets à canons en damas, manches ornés d'incrustations en ivoire et ébène, batteries et bandes damasquinées en or.

73.

33. — Hache de derviche à double pique et pointe en fer gravée en relief avec frises damasquinées en argent; le manche en ébène est garni en argent repoussé. — Pièce rare.

140.
Leman. Md
12. R. de Seine.

34. — Kama ou petit sabre à lame droite évidée, en damas enrichie d'ornements damasquinés; la poignée en ivoire est garnie de deux bossettes en fer damasquinées en or; fourreau en chagrin avec garnitures en fer damasquinées en or.

75.X

35. — Autre kama dans le genre du précédent.

23.

36. — Kama-poignard très-ancien, en damas de belle qualité; poignée en ivoire.

93.X

37. — Kandjar à lame droite; poignée et fourreau garnis en argent ciselé.

51.

38. — Autre kandjar; genre du précédent.

68.

39. — Kandjar à lame courbe en damas fin, lame évidée; très-riche poignée en ivoire sculpté représentant une figure de femme avec divers ornements et devises.

70.

40. — Kandjar très-ancien à lame courte évidée avec arête et ornements en relief; belle poignée en ivoire sculpté représentant sur les deux faces les membres d'une famille royale; le fourreau en chagrin contient un couteau en damas à manche en ivoire.

41. — Autre kandjar dans le genre du précédent ; le fourreau en chagrin vert est garni en argent repoussé et gravé.

42. — Petit kandjar très-ancien en damas de très-belle qualité ; manche en ivoire sculpté en relief représentant une fleur ; fourreau garni en argent repoussé.

43. — Kandjar à lame courbe en damas ; poignée et fourreau en fer damasquinés en or.

44. — Autre kandjar pareil au précédent.

45. — Couteau à lame et poignée en damas.

46. — Couteau en damas, manche en jade.

47. — Couteau en damas, manche en ivoire avec ornements damasquinés.

48. — Fusil turc à canon damassé, crosse en marqueterie d'ivoire et de cuivre, capucines en argent, batteries damasquinées en argent ; cette arme est encore garnie de son ancienne bretelle.

49. — Autre fusil turc, canon dit des saphirs, crosse entièrement recouverte de mosaïque de nacre, capucines et ornements en argent repoussé.

50. — Toquet de guerre de roi de Géorgie en argent avec ornements repoussés et garni de sa maille.

51. — Fer de lance à lames doubles et flamboyantes en damas avec ornements damasquinés en or ; douille à facette damasquinée en or.

52-58. — Sept fers de lance en damas à douilles damasquinées en or.

Seront vendus séparément.

59. — Couteau en damas à manche en jade.

BRONZES

60-68. — Neuf flambeaux de mosquée, époque du kalifat,
de forme droite évasée au pied, avec ornements,
animaux, fleurs, figures; inscriptions et dates.

Seront vendus par deux et séparément.

69-81. — Treize vases de mosquée, même époque, en
bronze, forme bol à bord rentrant, servant aux
ablutions des kalifes, décorés d'inscriptions, figures,
fleurs, oiseaux et autres ornements gravés en relief;
l'un d'eux est enrichi d'inscriptions en argent.

Seront vendus par deux et séparément.

82. — Gargoulette en métal ancien avec ornements réservés
sur fond en argent.

83-84. — Deux bols à ombilic saillant entièrement couverts
à l'intérieur et à l'extérieur des versets du Coran;
proviennent des fouilles faites à *Amadan* (ancienne
Ecbatane). A l'un d'eux est attaché un chapelet de
quarante petites fiches portant les noms des saints
et prophètes.

85. — Kalian ancien en cuivre gravé en partie émaillé en
bleu turquoise.

86. — Gargoulette en cuivre gravé avec fleurs; provient des fouilles faites à *Hécatompyle* (actuellement Ispahan).

87. — Kalian ancien en cuivre émaillé à figures de femmes.

88. — Deux anciens vases de mosquée de forme boule à col droit en bronze gravé; proviennent de fouilles faites à Chiraz, près de Ninive.

89. — Deux petits bols, même métal; l'un est ciselé en argent.

90. — Ornement d'étendard en bronze ciselé et gravé, terminé par une tête de dragon.

ÉTOFFES

91. — Très-grand et magnifique tapis de PHARAHAN (Perse). Long. 10 m. 30, larg. 6 m. 60.

92. — Tapis de Chroassan, à lozanges avec entourage. — Haut. 3 m., larg. 1 m. 62.

93-96. — Quatre pièces d'étoffe tissée en poil d'agneau de Noukat.

97-98. — Deux très-riches tapis de table brodés en soie de couleur, l'un sur fond rouge, l'autre sur fond bleu.

99-101. — Quatre dessus de coussins, genre des tapis précédents.

102. — Pièce d'étoffe tissée en poil de chameau.

103. — Bonnet de derviche en drap brodé.

LAQUES ET MARQUETERIE

104-107. — Sept anciennes couvertures de livres de mosquées, très-grands formats, représentant diverses scènes et des bouquets de fleurs.

Seront divisées.

108-109 — Sept autres couvertures de livres, plus petits formats. — Très-riches décors.

110. — Treize portraits d'anciens rois de Perse.

111. — Sept miroirs et boîtes à miroirs.

Seront divisés.

112. — Grand coffret ancien en laque peint par *Zaman;* le dessus du couvercle représente un combat et les côtés des sujets de chasse.

113. — Deux dessins par *Zaman* représentant *Nader-Schah* combattant contre un roi arménien.

114. — Deux dessins anciens mongols.

115-118. — Vingt encriers à coulisse, décors variés.

Seront divisés.

119-120. — Cinq boîtes diverses en marqueterie de *Téhéran.*

OBJETS DIVERS

121. — Calebasse de derviche en coco sculpté.

122. — Grand chandelier en ancienne faïence turque de forme allongée à décors bleus sur fond blanc. — Pièce rare.

123. — Médailles antiques en or, argent et bronze.

124. — Coffret en émail rose décoré d'étoiles au centre d'entrelacs dorés.

125. — Vingt olives à côtes aplaties, en or antique filigrané, trouvées dans un tombeau découvert dans des fouilles près de Ninive.

126. — Amulettes en bronze, boucles d'oreilles en argent filigrané.

127. — Émail ovale sur or représentant un buste de femme de distinction ; travail très-fin.

128. — Objets divers.

PARIS. — J. CLAYE, IMPRIMEUR, RUE SAINT-BENOIT, 7.

RED. :

19

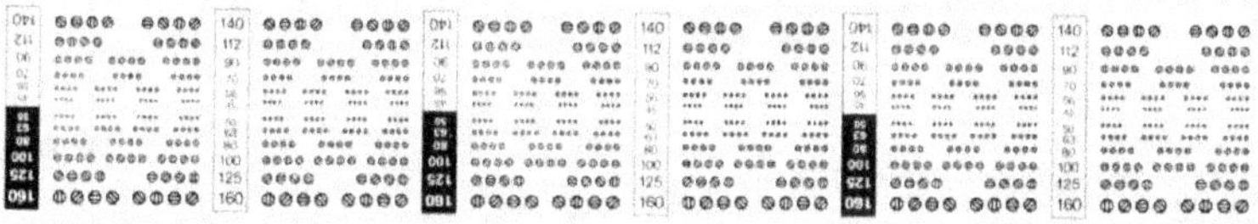

graphicom

MIRE ISO N° 1
NF Z 43-007
AFNOR
Cedex 7 - 92080 PARIS-LA-DÉFENSE

0 1 2 3 4 5 6 7 8 9 10